# 記錄你的每一天2
## 不論什麼事,都值得好好享受

Doro Ottermann
朵蘿．奧特曼

譯者 林柏圻

記錄你的每一天 2
不論什麼事,都值得好好享受
Tagebuch für Alltagshelden

作者--朵蘿．奧特曼 Doro Ottermann
譯者--林柏圻
手寫字--張芝伊
責任編輯--廖芳婕
行銷企劃--高芸珮
美術設計--賴姵伶

發行人--王榮文
出版發行--遠流出版事業股份有限公司
地址--臺北市南昌路2段81號6樓
客服電話--02-2392-6899
傳真--02-2392-6658
郵撥--0189456-1
著作權顧問--蕭雄淋律師

2016年03月01日 初版一刷
定價--新台幣250元（如有缺頁或破損，請寄回更換）
有著作權·侵害必究 Printed in Taiwan
ISBN 978-957-32-7785-9
遠流博識網--http://www.ylib.com E-mail:ylib@ylib.com

Tagebuch für Alltagshelden: Zum Ankreuzen und Ausfüllen by Doro Otter-
mann © 2013 by Wilhelm Goldmann Verlag, an imprint of Verlagsgruppe
Random House GmbH, München
Complex Chinese edition © 2016 by Yuan-Liou Publishing Co., Ltd.
This edition is published by arrangement with Wilhelm Goldmann Verlag, an
imprint of Verlagsgruppe Random House GmbH, München through Andrew
Nurnberg Associates International Limited.

國家圖書館出版品預行編目(CIP)資料

記錄你的每一天.2：不論什麼事,都值得好好享受 / 朵蘿.奧特曼(Doro
Ottermann)作；林柏圻譯. -- 初版. -- 臺北市：遠流, 2016.03
　面； 公分
譯自：Tagebuch für Alltagshelden
ISBN 978-957-32-7785-9(精裝)

876.5　　　105001236

這本日記屬於

. . . . . . . . . . . . . . . . . . . . . . . . . . . . . . . . . . . . . . . . . . . . . . . .

# 今天一口氣讀完了整本書

日期：.....................................
書名和作者：.........................................
...................................................

我在書上讀到：......................................
簡短摘要：..........................................
...................................................
...................................................
...................................................

捨不得把這本書放下的原因:
..............................................................
..............................................................
..............................................................
..............................................................

最喜歡的人物:..................................................
為什麼?........................................................
..............................................................
..............................................................

最美的一句話:..................................................
..............................................................
..............................................................
..............................................................
..............................................................

讀了: ☐ 分鐘　☐ 小時　☐ 天
這一段我匆匆跳過:..............................................
..............................................................
..............................................................
..............................................................
..............................................................

還會再讀一次嗎?　☐ 會　☐ 不會

# 今天享受了一場雨中漫步

日期：........................................
地點：........................................
和誰一起？........................................

........................................

我在雨中散步，因為........................................

........................................

........................................

........................................

雨滴的觸感：....................................................
....................................................

雨滴的味道：....................................................
....................................................

淋得很濕嗎？　□是 □否
細節：....................................................
....................................................

那時我在想：....................................................
....................................................
....................................................
....................................................

我現在覺得：....................................................
....................................................
....................................................

一個不想忘掉的美麗細節：....................................
....................................................
....................................................
....................................................

# 今天偷偷種了一株植物

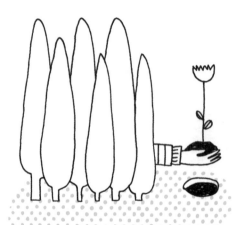

日期：....................................
地點：...............................................................
有誰在場？...........................................................

我種的花是：........................................................
.............................................................................
.............................................................................
.............................................................................

種花的原因：

種植的方式：

我的期待：

有趣的是：

興奮的是：

以後會再種嗎？ □會 □不會

# 今天過了完美的一夜

日期： .............................
地點： ...............................................

參與人員： ...........................................
.......................................................

成就完美一夜的配方： ...............................
.......................................................
.......................................................
.......................................................

這一切是那麼、那麼美：

特別事件：

聲響：

氣味：

完美的一刻：

# 今天我放手了

日期：.........................................................
地點：..............................................................
誰也在場？........................................................
..............................................................................
我離開了：.........................................................
..............................................................................
..............................................................................
..............................................................................

一開始很困難,因為 ......................................................................

...........................................................................................................

...........................................................................................................

但是後來 ....................................................................................................

...........................................................................................................

...........................................................................................................

現在覺得: ...................................................................................................

...........................................................................................................

...........................................................................................................

當時腦袋裡有這些想法: .............................................................................

...........................................................................................................

...........................................................................................................

我想,這是個正確的決定,因為 ................................................................

...........................................................................................................

...........................................................................................................

...........................................................................................................

...........................................................................................................

如果有機會,我還是會這麼做嗎? □會　□不會

# 今天自己修理了一樣東西

日期：......................................

地點：......................................................................

修好的東西是：...................................................................

..............................................................................

輔助器材和工具：..............................................................

..............................................................................

..............................................................................

東西是怎麼壞的？何時壞的？ ................................
................................................................
................................................................

我是這麼把它修好的： ................................................
................................................................
................................................................
................................................................

最棘手的一刻： ..............................................
................................................................
................................................................

儘管如此，我還是這麼完成了任務： ....................
................................................................
................................................................
................................................................

證人？　　　□有　□沒有
誰？

現在對自己感到驕傲的程度：0% [＿＿＿＿＿＿＿] 100％
以後會再自己修嗎？　□會　□只在絕對必要時動手

# 今天我讓自己驚訝了一下

日期：………………………………

地點：………………………………………………

參與人員：…………………………………………

事情是這麼開始的：……………………………

…………………………………………………………

…………………………………………………………

…………………………………………………………

…………………………………………………………

通常我會這麼反應，
...................................................................
...................................................................
...................................................................
...................................................................

但是今天我卻突然，
...................................................................
...................................................................
...................................................................
...................................................................

對我來說很困難嗎？ □是　□否
最意想不到的是，................................................
...................................................................
...................................................................
...................................................................

我現在覺得，......................................................
...................................................................
...................................................................
...................................................................

以後會再這麼做嗎：□應該會　□應該不會

# 今天獨自去旅行

日期:......................................
天氣:......................................
目的地:....................................

對這趟旅行的計劃:...........................
..........................................
..........................................
..........................................

包包裡帶了：.............................................................................
...............................................................................................

旅途中的經歷：..........................................................................
...............................................................................................
...............................................................................................
...............................................................................................
...............................................................................................

一個人的感覺：..........................................................................
...............................................................................................
...............................................................................................

有趣的際遇：.............................................................................
...............................................................................................

是否嘗試了新的事物？ □是 □否
如果是，是什麼？.......................................................................
...............................................................................................

如果否，為什麼沒有呢？
...............................................................................................

以後會再獨自旅行嗎？□會 □不會

# 今天有個夢想成真

日期: .................................
誰也在場? .................................................................
我的夢想: .............................................................

.......................................................................

.......................................................................

.......................................................................

.......................................................................

.......................................................................

夢想是這麼成真的：

其實我從來不覺得這有可能發生，因為

最棒的是

我現在覺得．

我的夢想還有．

# 我今天超越了自己

日期：............................

原先的狀態：.................................................

.............................................................

先是發生了這事：..........................................

.............................................................

.............................................................

.............................................................

.............................................................

接著是

整件事持續了：　　□ 分　　　□ 秒
我花最多力氣克服的是：

我把這件事告訴了這些人：

他們的反應：

現在對自己感到驕傲的程度：
0% □　　　　　　　　　　　　　　　　　100%

以後會再這麼做嗎？□ 會　□ 絕不

# 今天我的神經像是上了發條一樣

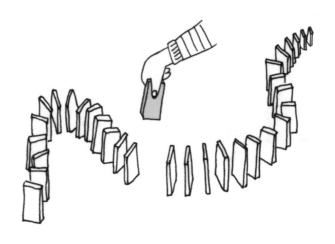

日期,.........................................
地點:.............................................................
參與人員:.....................................................................
緊繃的原因:...............................................................
...........................................................................
...........................................................................
...........................................................................
...........................................................................

最焦慮的那一刻：.................................................
.................................................................
.................................................................
.................................................................

當時覺得：.........................................................
.................................................................
.................................................................
.................................................................

緊張程度：0% [                                              ] 100%
我維持內心平靜的方式：.............................................
.................................................................
.................................................................

那時腦袋裡突然浮現的一個想法：.....................................
.................................................................
.................................................................

我永遠不想忘記的是：...............................................
.................................................................
.................................................................
.................................................................
.................................................................

# 今天我是踏上雪地的第一個人

日期: ......................................
地點: ......................................
今天發生的事: ...............................
..............................................
..............................................
..............................................
..............................................
..............................................

開始下雪的時候，我在這裡：..............................................

我留下了這些腳印：..........................................................

...............................................................................

...............................................................................

當時覺得：......................................................................

...............................................................................

...............................................................................

...............................................................................

...............................................................................

...............................................................................

空氣的味道：...................................................................

...............................................................................

...............................................................................

悅耳的聲響：...................................................................

...............................................................................

...............................................................................

特別的時刻：...................................................................

...............................................................................

...............................................................................

...............................................................................

# 今天經歷了一場冒險

日期: ....................................
地點: ....................................
在場的人? ................................
事情是這麼開始的 .........................
........................................
........................................
........................................
........................................

戲劇化的高潮：......................................................
...................................................................
...................................................................
...................................................................

當時覺得：..........................................................
...................................................................
...................................................................
...................................................................

之後覺得：..........................................................
...................................................................
...................................................................
...................................................................

現在覺得：..........................................................
...................................................................
...................................................................
...................................................................

會想再經歷一次嗎？　□會　□不會
為什麼？............................................................
...................................................................
...................................................................
...................................................................

我今天跳入一灘積水，而且還先助跑

日期：.............................................

有誰在場？..........................................

...................................................

那灘水的位置：......................................

...................................................

那灘水的形狀：......................................

...................................................

...................................................

接近那灘水時，我腦袋裡在想： ..............................................
........................................................................
........................................................................
........................................................................
........................................................................

助跑距離： ☐ 公尺
跳了： ☐ 公尺遠
跳水的原因： ..............................................................
........................................................................
........................................................................
........................................................................
........................................................................

當下的感覺： ..............................................................
........................................................................
........................................................................
........................................................................

被濺濕的人： ..............................................................
........................................................................

會再這麼做嗎？　☐肯定會　☐不會

# 今天收到一封手寫的信

日期：⋯⋯⋯⋯⋯⋯⋯⋯⋯⋯⋯⋯⋯

寄件人：⋯⋯⋯⋯⋯⋯⋯⋯⋯⋯⋯⋯⋯⋯⋯⋯⋯⋯⋯⋯⋯⋯⋯⋯⋯⋯⋯⋯⋯⋯⋯⋯⋯

墨水的顏色：⋯⋯⋯⋯⋯⋯⋯⋯⋯⋯⋯⋯⋯⋯⋯⋯⋯⋯⋯⋯⋯⋯⋯⋯

信紙的氣味：⋯⋯⋯⋯⋯⋯⋯⋯⋯⋯⋯⋯⋯⋯⋯⋯⋯⋯⋯⋯⋯⋯

覺得驚喜？ □是　□否

打開信的第一個想法：..................................................
..................................................................
..................................................................

信件內容：........................................................
..................................................................
..................................................................
..................................................................

讀信的時候出現的想法：..........................................
..................................................................
..................................................................

現在覺得：........................................................
..................................................................
..................................................................

會回信嗎？□會　□不會
如果不會，為什麼不？..............................................
..................................................................

如果會，那會怎麼回？..............................................
..................................................................
..................................................................

# 今天我摸了煙囪清掃工*

日期: ......................
我們相遇的地點: ...............................................
.............................................................
.............................................................
我是這樣摸他的: ...............................................
.............................................................
.............................................................
.............................................................

*德國人相信觸摸煙囪清掃工可帶來好運

有先問過他嗎？

他的反應：

這部分我非常需要得到幸運之神的眷顧。

沾到煤炭
的指印　　○
→

已經開始有一點好運臨門的感覺嗎？□有 □沒有
今天遇到的其他幸運物。

以後會再去摸煙囪清掃工嗎？□會 □不會

# 今天我有個全新的開始

日期：.........................................
地點：.............................................
有誰在場？.........................................
隨之劃下句點的是：...............................
.........................................................
.........................................................
.........................................................
.........................................................

事前的預備：

為了重新開始，我做了這些事：

從現在起，一切都過去了！這些事將不再一樣：

我現在覺得：

未來會再這麼做嗎？ □會　□不會

# 今天蓋了一樣東西

日期：.............................

地點：.............................

我蓋了：.............................

.............................

蓋它的原因：.............................

.............................

.............................

輔助器材和工具： ...............................................................

...............................................................

耗費時間： ...............................................................

讓我短暫存疑的一刻是 ...........................................

...............................................................

...............................................................

但是後來 .......................................................

...............................................................

...............................................................

...............................................................

建築設計草稿：

現在對自己感到驕傲的程度： 0% [＿＿＿＿＿＿＿＿] 100%

未來會再這麼做嗎？ □ 那當然 □ 還是不要好了

# 今天發現一樣寶物

日期：.............................................................

發現地點：.......................................................

有誰在場？.......................................................
.......................................................................

我發現的寶物是：...............................................
.......................................................................
.......................................................................
.......................................................................

我是這麼發現它的：.....................................
................................................................
................................................................
................................................................
................................................................

緊張刺激的細節：.......................................
................................................................
................................................................
................................................................

我打算怎麼處置它？.................................
................................................................
................................................................
................................................................
................................................................

現在覺得：

|  | 是 | 否 | 有點 |  | 是 | 否 | 有點 |
|---|---|---|---|---|---|---|---|
| 像馬克波羅 | ☐ | ☐ | ☐ | 圓滿 | ☐ | ☐ | ☐ |
| 與眾不同 | ☐ | ☐ | ☐ | 富足 | ☐ | ☐ | ☐ |
| 狡詐 | ☐ | ☐ | ☐ | 平靜 | ☐ | ☐ | ☐ |
| 滿足 | ☐ | ☐ | ☐ | ............... | ☐ | ☐ | ☐ |
| 熱情洋溢 | ☐ | ☐ | ☐ | ............... | ☐ | ☐ | ☐ |

# 今天有個毛骨悚然的經歷

日期：..............................

地點：.............................................

先是發生了這件事：..............................

..............................................

然後是這件事，............................................

.............................................................

..............................................................

我的反應:

真的很毛骨悚然,因為

我害怕的程度: 0% [＿＿＿＿＿＿＿＿＿] 100%
有誰在場?

現在對這件事的想法:

現在的感覺:

# 今天我恍然大悟

日期：......................................
地點：
之前我不明白的是：....................................
...............................................................
...............................................................
...............................................................
...............................................................
...............................................................

忽然醒悟的那一刻：......................................................
................................................................
................................................................
................................................................
................................................................

我的第一個想法是：..............................................
................................................................
................................................................

當中的細節：....................................................
................................................................
................................................................
................................................................

現在覺得：......................................................
................................................................
................................................................
................................................................

結果：..........................................................
................................................................
................................................................
................................................................

# 今天在家裡搭了一座帳篷

日期：.........................................

地點：.........................................

搭帳篷的時候我在想：.........................................

.........................................

.........................................

.........................................

.........................................

.........................................

材料和工具：

其他外力的協助：

我在帳篷裡做了這些事：

這座帳篷讓我心情很好，因為

最棒的一刻：

以後會再搭帳篷嗎？□會 □不會

# 今天我給別人一個驚喜

日期：．．．．．．．．．．．．．．．．．．．．．

地點．．．．．．．．．．．．．．．．．．．．．．．．．．．．．．．．．．．．．．．．．．．．．．

驚喜的對象：．．．．．．．．．．．．．．．．．．．．．．．．．．．．．．．．．．．．．．．

．．．．．．．．．．．．．．．．．．．．．．．．．．．．．．．．．．．．．．．．．．．．．．．．．．．

為什麼要給他驚喜？．．．．．．．．．．．．．．．．．．．．．．．．．．．．．．

．．．．．．．．．．．．．．．．．．．．．．．．．．．．．．．．．．．．．．．．．．．．．．．．．．．

．．．．．．．．．．．．．．．．．．．．．．．．．．．．．．．．．．．．．．．．．．．．．．．．．．．

．．．．．．．．．．．．．．．．．．．．．．．．．．．．．．．．．．．．．．．．．．．．．．．．．．．

我的計劃：.........................................................
.........................................................
.........................................................

驚喜的內容：.......................................................
.........................................................
.........................................................
.........................................................

對方的反應：.......................................................
.........................................................
.........................................................
.........................................................

對我來說，這代表什麼？...........................................
.........................................................
.........................................................

現在覺得：.........................................................
.........................................................
.........................................................
.........................................................
.........................................................

以後會再這麼做嗎？ □會 □不會

# 今天發現了四葉幸運草

日期：.........................................
發現地點：........................................................
.........................................................................
.........................................................................

是刻意去找，還是不經意發現的？.....................................
.........................................................................
我找了 ☐ 小時 ☐ 分鐘

這是我第一次發現四葉幸運草嗎？　□是　□否
找到的當下，我心想：......................................................................
..............................................................................................................
..............................................................................................................
..............................................................................................................

當時覺得：.............................................................................................
..............................................................................................................
..............................................................................................................
..............................................................................................................

我會拿它來做什麼？
..............................................................................................................
..............................................................................................................
..............................................................................................................

這部分我真的超級希望得到幸運之神的眷顧。...............................
..............................................................................................................
..............................................................................................................
..............................................................................................................

我應該會受到眷顧，因為..................................................................
..............................................................................................................
..............................................................................................................
..............................................................................................................

# 今天有個有趣的發現

日期:..........................................

地點:..........................................

事情是這麼發生的:首先.........................

..........................................

然後,突然間..................................

..........................................

..........................................

我的發現是

證人．

特別的細節．

我的腦袋在關鍵時刻出現的想法：

現在覺得：

# 今天幾乎是我人生中最美好的一天

日期: ........................................

地點: ........................................

發生的事: ....................................

........................................

........................................

有誰在場? ....................................

........................................

這很棒.

這很棒,

這也很棒,

這特別棒,

我永遠不會忘記,

# 今天大概真的是我人生中最美好的一天

日期：.......................................................

地點：.......................................................

有誰在場？.................................................

今天非常美好，因為.....................................

.............................................................

.............................................................

.............................................................

.............................................................

最珍貴的一刻

# 今天我潛到水裡了

日期：......................................

地點：....................................................

潛到水裡的意思是：☐我一字不差地潛到水裡了 ☐衍伸意義的潛水

事情是這麼發生的：....................................

.........................................................

.........................................................

.........................................................

.........................................................

潛入水中的深度：□公尺

我是這麼潛入水中的：...........................................................
...........................................................
...........................................................

當時的感覺：...........................................................
...........................................................
...........................................................

輔助工具：...........................................................
...........................................................

我在那裡聽到、聞到、看到：...........................................................
...........................................................
...........................................................
...........................................................

這讓我感覺很好，因為...........................................................
...........................................................
...........................................................
...........................................................

以後還會再潛水嗎？□會 □不會

# 今天我發現了兒時記憶裡的東西

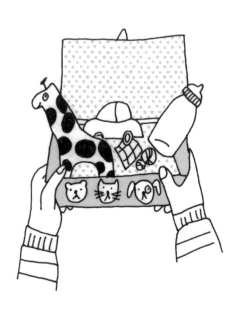

日期：......................................
發現地點：.................................
發現物品：.................................
.............................................

我的第一個想法：.........................
.............................................
.............................................
.............................................

小時候，我把它拿來

和這段回憶有關的是：

現在我也想起：

我覺得最棒的是

我也還想再找出這些東西：

# 今天我參加了自己的驚喜派對

日期:.......................
地點:.......................
舉辦的原因:...........................................

.........................................................

來賓:.....................................................

.........................................................

.........................................................

驚喜的那一刻：

我本能的反應：

當下的第一個想法：

派對的情形：

我想永遠記住：

# 今天我有個超刺激的經歷

日期．. . . . . . . . . . . . . . . . . . . . . . .

地點：. . . . . . . . . . . . . . . . . . . . . . . . . . . . . . . . . . . . . . . . . . . . . . .

發生的事：. . . . . . . . . . . . . . . . . . . . . . . . . . . . . . . . . . . . . . . . . .

. . . . . . . . . . . . . . . . . . . . . . . . . . . . . . . . . . . . . . . . . . . . . . . . . . . . . . . . . . . .

. . . . . . . . . . . . . . . . . . . . . . . . . . . . . . . . . . . . . . . . . . . . . . . . . . . . . . . . . . . .

. . . . . . . . . . . . . . . . . . . . . . . . . . . . . . . . . . . . . . . . . . . . . . . . . . . . . . . . . . . .

有誰在場？. . . . . . . . . . . . . . . . . . . . . . . . . . . . . . . . . . . . . . . . . .

. . . . . . . . . . . . . . . . . . . . . . . . . . . . . . . . . . . . . . . . . . . . . . . . . . . . . . . . . . . .

哎呀,這好刺激.

然後這真是有夠緊張的.

最刺激的是:

我的狀態和感覺:
□ 雞皮疙瘩　　　□ 發抖
□ 停止呼吸　　　□ 害怕
□ 七上八下　　　□ 歇斯底里地狂笑
□ 心頭一驚　　　□

腦袋裡揮之不去的念頭.

我會想再經歷這種事嗎?□ 絕對會 □ 絕不

# 我今天造訪了一座新的城市

日期：........................................
這座城市叫：....................................
有誰也一起？....................................

........................................

前往這座城市的方式：..............................

........................................

........................................

發現的特色：

有趣的際遇：

戰利品／紀念品：

總結：

想造訪的下一個城市：

# 今天完成了相當於馬拉松距離的長跑

日期：.................................
地點：.................................
證人：.................................

我辦到的事：.................................
.................................
.................................
.................................

總共跑了：☐ 公里 ☐ 公尺
事前的準備：⋯⋯⋯⋯⋯⋯⋯⋯⋯⋯⋯⋯⋯⋯⋯⋯⋯⋯⋯
⋯⋯⋯⋯⋯⋯⋯⋯⋯⋯⋯⋯⋯⋯⋯⋯⋯⋯⋯⋯⋯⋯⋯⋯⋯⋯⋯⋯
⋯⋯⋯⋯⋯⋯⋯⋯⋯⋯⋯⋯⋯⋯⋯⋯⋯⋯⋯⋯⋯⋯⋯⋯⋯⋯⋯⋯
⋯⋯⋯⋯⋯⋯⋯⋯⋯⋯⋯⋯⋯⋯⋯⋯⋯⋯⋯⋯⋯⋯⋯⋯⋯⋯⋯⋯

那時候我在想：⋯⋯⋯⋯⋯⋯⋯⋯⋯⋯⋯⋯⋯⋯⋯⋯⋯⋯⋯
⋯⋯⋯⋯⋯⋯⋯⋯⋯⋯⋯⋯⋯⋯⋯⋯⋯⋯⋯⋯⋯⋯⋯⋯⋯⋯⋯⋯
⋯⋯⋯⋯⋯⋯⋯⋯⋯⋯⋯⋯⋯⋯⋯⋯⋯⋯⋯⋯⋯⋯⋯⋯⋯⋯⋯⋯
⋯⋯⋯⋯⋯⋯⋯⋯⋯⋯⋯⋯⋯⋯⋯⋯⋯⋯⋯⋯⋯⋯⋯⋯⋯⋯⋯⋯
⋯⋯⋯⋯⋯⋯⋯⋯⋯⋯⋯⋯⋯⋯⋯⋯⋯⋯⋯⋯⋯⋯⋯⋯⋯⋯⋯⋯

休息了：☐ =次
現在覺得：⋯⋯⋯⋯⋯⋯⋯⋯⋯⋯⋯⋯⋯⋯⋯⋯⋯⋯⋯⋯⋯
⋯⋯⋯⋯⋯⋯⋯⋯⋯⋯⋯⋯⋯⋯⋯⋯⋯⋯⋯⋯⋯⋯⋯⋯⋯⋯⋯⋯
⋯⋯⋯⋯⋯⋯⋯⋯⋯⋯⋯⋯⋯⋯⋯⋯⋯⋯⋯⋯⋯⋯⋯⋯⋯⋯⋯⋯
⋯⋯⋯⋯⋯⋯⋯⋯⋯⋯⋯⋯⋯⋯⋯⋯⋯⋯⋯⋯⋯⋯⋯⋯⋯⋯⋯⋯

以後會再跑嗎？ ☐ 會 ☐ 不會
我的下一個目標：⋯⋯⋯⋯⋯⋯⋯⋯⋯⋯⋯⋯⋯⋯⋯⋯⋯
⋯⋯⋯⋯⋯⋯⋯⋯⋯⋯⋯⋯⋯⋯⋯⋯⋯⋯⋯⋯⋯⋯⋯⋯⋯⋯⋯⋯
⋯⋯⋯⋯⋯⋯⋯⋯⋯⋯⋯⋯⋯⋯⋯⋯⋯⋯⋯⋯⋯⋯⋯⋯⋯⋯⋯⋯

# 今天我忘了時間

日期：.........................................
地點：.........................................
事情是這麼發生的．..........................................
.........................................................................
.........................................................................
.........................................................................
.........................................................................
.........................................................................

我是做這件事情的時候把時間忘了的：

最棒的時刻：

我的想法：

我錯過了：

再度想起時間的感覺：

# 今天我寫了一封信給自己

日期: ..................................

寫信的地點: ...............................

.................................................

原因: ........................................

.................................................

我的心情狀態: ...............................

.................................................

.................................................

對自己傾訴的話‧............................................................
........................................................................
........................................................................
........................................................................
........................................................................
........................................................................
........................................................................
........................................................................
........................................................................
........................................................................
........................................................................
........................................................................
........................................................................
........................................................................

我寄出了這封信嗎？ □是 □否
何時會讀到這封信？............................................................
........................................................................

我現在覺得‧..................................................................
........................................................................
........................................................................

以後會再這麼做嗎？□會 □不會

# 今天發生一件超級意外的事

日期: .........................

地點: ....................................................

參與人員: ..............................................

我原本計劃要: .......................................

..........................................................

..........................................................

..........................................................

然後，很突然地⋯⋯

那時，我最先想到的是：

我的反應：

現在覺得：

最不可思議的一刻：

# 今天我把電源切斷了一整天

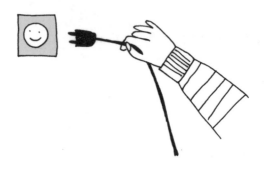

日期‧......................................

地點‧......................................

切斷電源的原因:.............................................................................

...............................................................................................

...............................................................................................

...............................................................................................

...............................................................................................

...............................................................................................

這一天我是這麼過的. .....................................................................
..................................................................................................
..................................................................................................
..................................................................................................
..................................................................................................
..................................................................................................
..................................................................................................

最初的想法. ...................................................................................
..................................................................................................
..................................................................................................
..................................................................................................

我想念的事情. ...............................................................................
..................................................................................................

無聊嗎? 0% [                                              ] 100%
沒有電話.網路.電視的感覺. ..........................................................
..................................................................................................
..................................................................................................
..................................................................................................
..................................................................................................
..................................................................................................

以後會再這麼做嗎? □一定會 □再也不會

# 今天去放了風箏

日期: ……………………………

地點: ………………………………………

去放風箏的來由: …………………………………………

…………………………………………………………………

…………………………………………………………………

有誰在場？ …………………………………………………

…………………………………………………………………

我的風箏:......................................................
..............................................................
..............................................................
..............................................................

天氣:..........................................................
..............................................................
..............................................................

風:............................................................
..............................................................
..............................................................

這讓我高興得像小孩一樣:......................................
..............................................................
..............................................................
..............................................................

最棒的時刻:....................................................
..............................................................
..............................................................
..............................................................
..............................................................

以後會再去放風箏嗎? □ 當然囉! □ 不會

# 今天完成了不可能的任務

日期：..............................................
發生地點：..............................................
這個目標看似不可能達成：..............................................
..............................................
..............................................
儘管如此，我還是完成了：首先..............................................
..............................................
..............................................

然後 .......................................................................................

.......................................................................................

.......................................................................................

.......................................................................................

.......................................................................................

這件事還有 ....................... 的幫忙

其他支援: ....................................................

.......................................................................................

會流傳千古的一個細節: ....................................

.......................................................................................

.......................................................................................

我現在覺得: ...............................................

.......................................................................................

接下來預定達成的不可能任務

.......................................................................................

以後會再這麼做嗎？□ 會 □ 不會

# 今天在自己住的城市裡當觀光客

日期：..................................................
我住的城市：........................................
計劃的行程：........................................
..................................................
..................................................

私房景點：..........................................
..................................................
..................................................

我走了這幾條路：

對我來說很新鮮的是：

我愛這座城市，因為

我第一次做這些事：

我覺得最棒的是

# 今天算是多此一舉

日期：................................

地點：....................................

那個多餘的舉動：...........................

............................................

............................................

輔助器材和工具：.............................

............................................

我是這麼想到這個多餘的點子的：..............................................
................................................................................
................................................................................
................................................................................

草稿圖：

. . . . . . . . . . . . . . . . . . . . . . . . . . . . . . . . . . . . . . .
. . . . . . . . . . . . . . . . . . . . . . . . . . . . . . . . . . . . . . .
. . . . . . . . . . . . . . . . . . . . . . . . . . . . . . . . . . . . . . .
. . . . . . . . . . . . . . . . . . . . . . . . . . . . . . . . . . . . . . .
. . . . . . . . . . . . . . . . . . . . . . . . . . . . . . . . . . . . . . .
. . . . . . . . . . . . . . . . . . . . . . . . . . . . . . . . . . . . . . .
. . . . . . . . . . . . . . . . . . . . . . . . . . . . . . . . . . . . . . .
. . . . . . . . . . . . . . . . . . . . . . . . . . . . . . . . . . . . . . .
. . . . . . . . . . . . . . . . . . . . . . . . . . . . . . . . . . . . . . .

其他人的反應：..............................................................
................................................................................
................................................................................

成為多此一舉之人的感覺：..................................................
................................................................................
................................................................................

特別令我感到驕傲的是：....................................................
................................................................................
................................................................................

# 今天我逗了一個小孩笑

日期: ..............................

地點: ...................................

被我逗笑的小孩是: ...........................

................................................

輔助器材及工具: ..............................

................................................

................................................

................................................

我逗小孩的方法：.................................................................
.........................................................................................
.........................................................................................
.........................................................................................
.........................................................................................

最美妙的一刻：.................................................................
.........................................................................................
.........................................................................................
.........................................................................................

孩子的笑聲聽起來：.........................................................
.........................................................................................
.........................................................................................
.........................................................................................

這真的很可愛：.................................................................
.........................................................................................
.........................................................................................
.........................................................................................

讓我自己笑得更開心的是：.................................................
.........................................................................................
.........................................................................................
.........................................................................................

以後會再逗小孩開心嗎？ □會 □不會

# 今天去3馬戲團

日期：⋯⋯⋯⋯⋯⋯⋯⋯⋯⋯⋯⋯

在哪裡？⋯⋯⋯⋯⋯⋯⋯⋯⋯⋯⋯⋯⋯⋯⋯⋯⋯⋯⋯⋯⋯⋯⋯⋯

和誰一起？⋯⋯⋯⋯⋯⋯⋯⋯⋯⋯⋯⋯⋯⋯⋯⋯⋯⋯⋯⋯⋯

去馬戲團的來由：⋯⋯⋯⋯⋯⋯⋯⋯⋯⋯⋯⋯⋯⋯⋯⋯

⋯⋯⋯⋯⋯⋯⋯⋯⋯⋯⋯⋯⋯⋯⋯⋯⋯⋯⋯⋯⋯⋯⋯⋯⋯⋯⋯⋯⋯⋯⋯⋯⋯

⋯⋯⋯⋯⋯⋯⋯⋯⋯⋯⋯⋯⋯⋯⋯⋯⋯⋯⋯⋯⋯⋯⋯⋯⋯⋯⋯⋯⋯⋯⋯⋯⋯

⋯⋯⋯⋯⋯⋯⋯⋯⋯⋯⋯⋯⋯⋯⋯⋯⋯⋯⋯⋯⋯⋯⋯⋯⋯⋯⋯⋯⋯⋯⋯⋯⋯

⋯⋯⋯⋯⋯⋯⋯⋯⋯⋯⋯⋯⋯⋯⋯⋯⋯⋯⋯⋯⋯⋯⋯⋯⋯⋯⋯⋯⋯⋯⋯⋯⋯

看到的事物：.....................................................................................
.........................................................................................................
.........................................................................................................
.........................................................................................................

讓我印象最深的是：...................................................................
.........................................................................................................
.........................................................................................................

那裡的氣氛：.............................................................................
.........................................................................................................
.........................................................................................................

那裡的音樂：.............................................................................
.........................................................................................................

顏色：...........................................................................................
.........................................................................................................
.........................................................................................................

觀眾：..........................................................................................
.........................................................................................................
.........................................................................................................

以後還會再去嗎？□ 會　 □ 還是別去了吧！

# 今天在瀑布下玩水

日期：．．．．．．．．．．．．．．．．．．．．．．．．．

地點：．．．．．．．．．．．．．．．．．．．．．．．．．．．．．．．．．．．．．．．．

和誰一起？．．．．．．．．．．．．．．．．．．．．．．．．．．．．．．．．．．．．．

對瀑布的描述：．．．．．．．．．．．．．．．．．．．．．．．．．．．．．．．．．．．

．．．．．．．．．．．．．．．．．．．．．．．．．．．．．．．．．．．．．．．．．．．．．．．．．．

．．．．．．．．．．．．．．．．．．．．．．．．．．．．．．．．．．．．．．．．．．．．．．．．．．

．．．．．．．．．．．．．．．．．．．．．．．．．．．．．．．．．．．．．．．．．．．．．．．．．．

那裡的水：..............................................
..............................................
..............................................
..............................................

在那裡玩水的感覺：..............................
..............................................
..............................................
..............................................

最棒的時刻：..................................
..............................................
..............................................
..............................................
..............................................

這件事也是我永遠不想忘記的．..................
..............................................
..............................................
..............................................
..............................................
..............................................

以後會再到瀑布下玩水嗎？ □會 □不會

今天終於放下心中大石

日期：⋯⋯⋯⋯⋯⋯⋯⋯⋯⋯⋯
地點：⋯⋯⋯⋯⋯⋯⋯⋯⋯⋯⋯⋯⋯⋯⋯
這件事讓我吃盡了苦頭：⋯⋯⋯⋯⋯⋯⋯⋯⋯⋯

⋯⋯⋯⋯⋯⋯⋯⋯⋯⋯⋯⋯⋯⋯⋯⋯⋯⋯⋯⋯⋯⋯
⋯⋯⋯⋯⋯⋯⋯⋯⋯⋯⋯⋯⋯⋯⋯⋯⋯⋯⋯⋯⋯⋯
⋯⋯⋯⋯⋯⋯⋯⋯⋯⋯⋯⋯⋯⋯⋯⋯⋯⋯⋯⋯⋯⋯
⋯⋯⋯⋯⋯⋯⋯⋯⋯⋯⋯⋯⋯⋯⋯⋯⋯⋯⋯⋯⋯⋯
⋯⋯⋯⋯⋯⋯⋯⋯⋯⋯⋯⋯⋯⋯⋯⋯⋯⋯⋯⋯⋯⋯

之後發生了這件事：首先 .........................................................................
................................................................................................
................................................................................................
................................................................................................

接著是 ...........................................................................................
................................................................................................
................................................................................................

決定性的一刻：..................................................................................
................................................................................................
................................................................................................
................................................................................................
................................................................................................

那顆石頭重達 ☐ 公斤
現在覺得自己輕得剩下 ☐ 公斤
難忘的細節：.....................................................................................
................................................................................................
................................................................................................
................................................................................................
................................................................................................

# 我今天終於認清事實

日期：.............................
地點：.............................
事情的來由：...............................
.................................................
.................................................
.................................................
.................................................
.................................................

決定性的一刻：
.....................................................................
.....................................................................
.....................................................................

當時腦袋裡的想法：
.....................................................................
.....................................................................
.....................................................................

透過這件事，我對自己的認識：
.....................................................................
.....................................................................
.....................................................................

那時候覺得：
.....................................................................
.....................................................................
.....................................................................

現在對這件事的看法：
.....................................................................
.....................................................................
.....................................................................

以後會再這麼做嗎？ □會 □不會

# 今天跳了一整晚的舞

日期：.............................
在哪裡？.................................
和誰一起？.................................
事情是這麼發生的：.................................
.................................
.................................
.................................
.................................

音樂.

氣氛.

當時的感覺:

特別難忘的是.

以後會再這麼做嗎？□那當然！□不會

# 我今天在床上待了一整天

日期：...................................

地點：...................................

原因：...................................

在床上待一天需要的東西：...................................

...................................

...................................

...................................

在床上做了這些事：.......................................................
...................................................................
...................................................................
...................................................................
...................................................................
...................................................................

思考了這些事：.........................................................
...................................................................
...................................................................

待在床上讓我覺得很好，因為 ..............................................
...................................................................
...................................................................

不過我還是為了這件事下床了一下： .......................................
...................................................................
...................................................................

最棒的時刻：...........................................................
...................................................................
...................................................................
...................................................................

以後會再這麼做嗎？□會　□不會

# 我今天做了好榜樣

日期：................................

地點：................................................

我做了這些人的好榜樣：................................................

發生的事：首先 ................................................

................................................

................................................

................................................

然後：
.................................................................
.................................................................
.................................................................
.................................................................

旁人的反應：
.................................................................
.................................................................

這方面我感到很驕傲：.............................................
.................................................................
.................................................................
.................................................................

我現在覺得：.......................................................
.................................................................
.................................................................

最棒的一刻：.......................................................
.................................................................
.................................................................

以後會再這麼做嗎？ □當然會 □不會

# 今天過得糊里糊塗

日期：......................................

地點：......................................

前情提要：..................................

..................................

..................................

..................................

..................................

..................................

我應該要完成這些事的：

結果我卻做了：

並且忽略了：

當下的感覺：

以後會再這樣嗎？□會 □不會

今天被大家的稱讚給淹沒了

日期: ........................

地點: .................................................................

被稱讚的原因: .........................................................

.......................................................................

.......................................................................

.......................................................................

.......................................................................

.......................................................................

稱讚我的人是：

............................................................

他們對我說了這些讚賞的美言：

............................................................

............................................................

............................................................

............................................................

最中聽的一句：

............................................................

............................................................

............................................................

聽到的時候在腦海裡浮現的一些想法：

............................................................

............................................................

............................................................

成為矚目焦點的感受：

............................................................

............................................................

............................................................

# 今天從上方俯瞰這世界

日期：...........................................
地點：...........................................
高度： ☐ 公尺 ☐ 公里 ☐ ...........................
我是這麼爬到上面的：.............................
..............................................................
..............................................................
..............................................................
..............................................................

感覺自己是如此 □偉大 □渺小：...............................................
..................................................................................
..................................................................................
上面的視野讓我這麼享受，.................................................
..................................................................................
..................................................................................
我看見的一切：...................................................................
..................................................................................
..................................................................................
..................................................................................
和誰一起？........................................................................
上面的氣氛：.....................................................................
..................................................................................
..................................................................................
..................................................................................
..................................................................................
..................................................................................
以後會再這麼做嗎？ □會　□不會

# 今天有人向我浪漫示愛

日期：............................
地點：............................

是這麼向我示愛的：............................

............................
............................
............................
............................
............................

我的反應：

對了，還有這件事也很棒：

我想永遠記得：

我現在覺得：

接下來我期待：

# 今天種了一棵樹

日期: ..................................

地點: ..................................

我種的樹是: ..............................

種樹的原因: ..............................

..................................

..................................

..................................

..................................

種樹的方法：..................................................
..................................................
..................................................
..................................................
..................................................

我把自己弄得
□有點髒　□蠻髒的　□一點都不髒
我現在覺得：..................................................
..................................................
..................................................
..................................................

泥土的味道聞起來：..................................................
..................................................
..................................................
..................................................

我會看著樹長大嗎？□會　□不會
為什麼？..................................................
..................................................
..................................................
..................................................

# 我今天漫無目的地遊走

日期: ...............................
和誰一起? ...........................................................

我就這麼出發了: ..................................................
...........................................................................
...........................................................................

行李: .......................................................................
...........................................................................

目的地：
..................................................
..................................................

交通方式：
..................................................
..................................................
..................................................

花了 ☐ 小時 ☐ 分鐘才抵達
在那裡經歷的事情：
..................................................
..................................................
..................................................
..................................................

天氣、心情、味道、聲音：
..................................................
..................................................
..................................................

紀念品：
..................................................
..................................................

以後會再這麼做嗎：☐ 一定會 ☐ 絕對不會

# 今天好倒楣

日期: ...............................
地點: ...............................
和誰一起? ...............................
發生的事: ...............................

...............................
...............................
...............................
...............................

我因此逃過一劫：

當時腦袋裡的想法：

現在覺得：

我從中學到：

最棒的是：

# 我今天把自己的心交給了某人

日期：..................................

地點：....................................................

得到這顆心的人是：...............................................

我的行動：...................................................

..................................................................

..................................................................

..................................................................

..................................................................

我的開場白：..........................................................................................
...................................................................................................................
...................................................................................................................

對方的反應：..........................................................................................
...................................................................................................................
...................................................................................................................
...................................................................................................................

對我的未來可能產生的影響：...................................................
...................................................................................................................
...................................................................................................................

當時出現在腦海裡的一些想法：...............................................
...................................................................................................................
...................................................................................................................

我現在覺得：

| | 是 | 否 | 有點 | | 是 | 否 | 有點 |
|---|---|---|---|---|---|---|---|
| 放鬆 | ☐ | ☐ | ☐ | 幸福 | ☐ | ☐ | ☐ |
| 輕快 | ☐ | ☐ | ☐ | 幼稚 | ☐ | ☐ | ☐ |
| 自由 | ☐ | ☐ | ☐ | 有創意 | ☐ | ☐ | ☐ |
| 尷尬 | ☐ | ☐ | ☐ | .......... | ☐ | ☐ | ☐ |

我會再這麼做嗎？ ☐會 ☐還是不要好了

# 今晚做了一個美夢

日期: ......................
夢中主要人物 ......................................................
......................................................................
我夢到 ............................................................
......................................................................
......................................................................
......................................................................
......................................................................

接下來是這樣：.............................................................
.............................................................
.............................................................
.............................................................

我記得的地點、聲響、顏色：...............................................
.............................................................
.............................................................
.............................................................

真的很不可思議的是：.........................................................
.............................................................

怪的是：.....................................................................
.............................................................
.............................................................

一個美妙的細節：.............................................................
.............................................................
.............................................................

醒來後的第一個想法：.........................................................
.............................................................
.............................................................
.............................................................

# 我今天對自己非常滿意

日期:．．．．．．．．．．．．．．．．．．．．．．

今天發生的事:．．．．．．．．．．．．．．．．．．．．．．．．．．．．．．．．．．．．．．．．

．．．．．．．．．．．．．．．．．．．．．．．．．．．．．．．．．．．．．．．．．．．．．．．．．．．．．．．．．．．

．．．．．．．．．．．．．．．．．．．．．．．．．．．．．．．．．．．．．．．．．．．．．．．．．．．．．．．．．．．

．．．．．．．．．．．．．．．．．．．．．．．．．．．．．．．．．．．．．．．．．．．．．．．．．．．．．．．．．．．

．．．．．．．．．．．．．．．．．．．．．．．．．．．．．．．．．．．．．．．．．．．．．．．．．．．．．．．．．．．

．．．．．．．．．．．．．．．．．．．．．．．．．．．．．．．．．．．．．．．．．．．．．．．．．．．．．．．．．．．

．．．．．．．．．．．．．．．．．．．．．．．．．．．．．．．．．．．．．．．．．．．．．．．．．．．．．．．．．．．

這一切都是這麼的順利：

這讓人感覺：

我不想忘記的細節：

讓我特別開心的是：

最棒的一刻：

# 我今天在星空下睡覺

日期：.........................................
地點：..............................................................

和誰一起？..........................................................

我的床：............................................................

..............................................................
..............................................................

我看到：......................................................
......................................................
......................................................
......................................................

天氣：......................................................
......................................................

夜裡的聲音：..............................................
......................................................
......................................................
......................................................

我的心情：..................................................
......................................................
......................................................

我的想法：..................................................
......................................................
......................................................
......................................................

以後會再這麼做嗎？ □會 □不會

# 今天看到了非常美麗的日出

日期: ...........................

地點: ........................................

看日出的來由: ........................................

..........................................................

..........................................................

..........................................................

..........................................................

..........................................................

心情：

天氣：

聲音：

顏色：

我的想法：

最棒的一刻：

# 今天做了一個重要的決定

日期：......................................

地點：.........................................................

這個決定牽涉到的人：.......................................

現在起不再一樣的是.........................................

.................................................................

.................................................................

.................................................................

同樣會改變的是：

總之事情是這樣發生的：

下一步：

最佳想法：

這個決定的影響範圍：

我現在覺得：

我今天傳送了一則好消息

日期：............................
地點：............................
寄件人：............................
收件人：............................
傳送方式：............................

............................
............................
............................

信息內容：

得到的反應：

我的想法：

當時的感覺．

一個很棒的細節：

# 今天有人告訴我一個祕密

日期： ............................................
地點： ............................................
............................ 跟我說、............................
............................................................
............................................................
............................................................
............................................................
............................................................

我的反應：.................................................
.......................................................
.......................................................
.......................................................

我對這件事的想法：.......................................
.......................................................
.......................................................
.......................................................

別人信任我的原因：.......................................
.......................................................
.......................................................
.......................................................
.......................................................

成為守密者的感覺：.......................................
.......................................................
.......................................................
.......................................................
.......................................................

要我保密的難度：
0% [_____] 100%

# 我今天喜極而泣

日期： ...........................

地點： ...........................

前情提要。事情是這麼發生的： ...........................

...........................

...........................

...........................

...........................

...........................

突然間，

當時覺得，

這個人遞給我一張面紙，
我覺得有這麼開心，

我現在是這樣享受這份幸福的，

最美妙的一刻：

# 今天看見一隻螢火蟲

日期：..............................
地點：.........................................................
我是這麼發現牠的：..................................................
........................................................................
........................................................................
........................................................................
........................................................................
........................................................................

那個夜晚是這樣的：首先 .............................................................

..........................................................................................

..........................................................................................

..........................................................................................

然後 ......................................................................................

..........................................................................................

..........................................................................................

..........................................................................................

螢火蟲近距離看起來：.......................................................................

..........................................................................................

..........................................................................................

..........................................................................................

關於這個夜晚的其他特殊事項：

☐ 木炭燃燒的劈啪聲　　☐ 星星，很多

☐ 鳥兒的喳喳聲　　　　☐ 滿月

☐ 空氣中的沙沙聲　　　☐ ..........................

☐ 微微的風　　　　　　☐ ..........................

我特別喜歡的是：..........................................................................

..........................................................................................

..........................................................................................

..........................................................................................

# 我今天在海裡游泳

日期：..............................
在哪兒？...........................................
事情是這麼發生的：.............................
..........................................................
..........................................................
..........................................................
..........................................................
..........................................................

看見：⋯⋯⋯⋯⋯⋯⋯⋯⋯⋯⋯⋯⋯⋯⋯⋯⋯⋯⋯⋯⋯⋯⋯⋯⋯⋯⋯⋯⋯⋯
⋯⋯⋯⋯⋯⋯⋯⋯⋯⋯⋯⋯⋯⋯⋯⋯⋯⋯⋯⋯⋯⋯⋯⋯⋯⋯⋯⋯⋯⋯⋯⋯⋯⋯⋯⋯⋯⋯
⋯⋯⋯⋯⋯⋯⋯⋯⋯⋯⋯⋯⋯⋯⋯⋯⋯⋯⋯⋯⋯⋯⋯⋯⋯⋯⋯⋯⋯⋯⋯⋯⋯⋯⋯⋯⋯⋯
⋯⋯⋯⋯⋯⋯⋯⋯⋯⋯⋯⋯⋯⋯⋯⋯⋯⋯⋯⋯⋯⋯⋯⋯⋯⋯⋯⋯⋯⋯⋯⋯⋯⋯⋯⋯⋯⋯

感覺到：⋯⋯⋯⋯⋯⋯⋯⋯⋯⋯⋯⋯⋯⋯⋯⋯⋯⋯⋯⋯⋯⋯⋯⋯⋯⋯⋯⋯⋯⋯
⋯⋯⋯⋯⋯⋯⋯⋯⋯⋯⋯⋯⋯⋯⋯⋯⋯⋯⋯⋯⋯⋯⋯⋯⋯⋯⋯⋯⋯⋯⋯⋯⋯⋯⋯⋯⋯⋯
⋯⋯⋯⋯⋯⋯⋯⋯⋯⋯⋯⋯⋯⋯⋯⋯⋯⋯⋯⋯⋯⋯⋯⋯⋯⋯⋯⋯⋯⋯⋯⋯⋯⋯⋯⋯⋯⋯

海水：⋯⋯⋯⋯⋯⋯⋯⋯⋯⋯⋯⋯⋯⋯⋯⋯⋯⋯⋯⋯⋯⋯⋯⋯⋯⋯⋯⋯⋯⋯⋯
⋯⋯⋯⋯⋯⋯⋯⋯⋯⋯⋯⋯⋯⋯⋯⋯⋯⋯⋯⋯⋯⋯⋯⋯⋯⋯⋯⋯⋯⋯⋯⋯⋯⋯⋯⋯⋯⋯

最棒的時刻：⋯⋯⋯⋯⋯⋯⋯⋯⋯⋯⋯⋯⋯⋯⋯⋯⋯⋯⋯⋯⋯⋯⋯⋯⋯⋯
⋯⋯⋯⋯⋯⋯⋯⋯⋯⋯⋯⋯⋯⋯⋯⋯⋯⋯⋯⋯⋯⋯⋯⋯⋯⋯⋯⋯⋯⋯⋯⋯⋯⋯⋯⋯⋯⋯
⋯⋯⋯⋯⋯⋯⋯⋯⋯⋯⋯⋯⋯⋯⋯⋯⋯⋯⋯⋯⋯⋯⋯⋯⋯⋯⋯⋯⋯⋯⋯⋯⋯⋯⋯⋯⋯⋯

我在水裡做的事：⋯⋯⋯⋯⋯⋯⋯⋯⋯⋯⋯⋯⋯⋯⋯⋯⋯⋯⋯⋯⋯⋯
⋯⋯⋯⋯⋯⋯⋯⋯⋯⋯⋯⋯⋯⋯⋯⋯⋯⋯⋯⋯⋯⋯⋯⋯⋯⋯⋯⋯⋯⋯⋯⋯⋯⋯⋯⋯⋯⋯
⋯⋯⋯⋯⋯⋯⋯⋯⋯⋯⋯⋯⋯⋯⋯⋯⋯⋯⋯⋯⋯⋯⋯⋯⋯⋯⋯⋯⋯⋯⋯⋯⋯⋯⋯⋯⋯⋯

在水裡還有誰，或什麼東西？⋯⋯⋯⋯⋯⋯⋯⋯⋯⋯⋯⋯⋯⋯⋯⋯
⋯⋯⋯⋯⋯⋯⋯⋯⋯⋯⋯⋯⋯⋯⋯⋯⋯⋯⋯⋯⋯⋯⋯⋯⋯⋯⋯⋯⋯⋯⋯⋯⋯⋯⋯⋯⋯⋯

以後會再到海裡游泳嗎？□一定會 □不太想

# 今天我是大明星

日期：......................................

地點：.............................................................

起因：.............................................................

.............................................................

.............................................................

觀眾：.............................................................

.............................................................

我興奮的程度：.................................................
......................................................................

然後就這麼開始了：.......................................
......................................................................
......................................................................
......................................................................

當時的感覺：...............................................
......................................................................
......................................................................

掌聲：0% [＿＿＿＿＿＿＿＿＿＿＿＿] 100%
名望：0% [＿＿＿＿＿＿＿＿＿＿＿＿] 100%
現場：0% [＿＿＿＿＿＿＿＿＿＿＿＿] 100%

一些難忘的細節：.........................................
......................................................................
......................................................................

最美妙的一刻：...........................................
......................................................................
......................................................................
......................................................................
......................................................................

# 今天有個特別的際遇

日期：.......................................

發生地點：..................................................

我遇到誰 (或什麼)：..............................................

事情是這麼發生的：起先................................................
.......................................................................
.......................................................................

然後

也很有趣的是

不過最特別的是：

當時腦袋裡浮現的想法：

一個令人難忘的細節：

# 今天笑到眼淚都流出來了

日期：⋯⋯⋯⋯⋯⋯⋯⋯⋯⋯

地點：⋯⋯⋯⋯⋯⋯⋯⋯⋯⋯⋯⋯⋯⋯

點到我笑穴的是：⋯⋯⋯⋯⋯⋯⋯⋯⋯⋯⋯⋯⋯⋯⋯⋯⋯⋯⋯

⋯⋯⋯⋯⋯⋯⋯⋯⋯⋯⋯⋯⋯⋯⋯⋯⋯⋯⋯⋯⋯⋯⋯⋯⋯⋯⋯⋯⋯⋯

⋯⋯⋯⋯⋯⋯⋯⋯⋯⋯⋯⋯⋯⋯⋯⋯⋯⋯⋯⋯⋯⋯⋯⋯⋯⋯⋯⋯⋯⋯

⋯⋯⋯⋯⋯⋯⋯⋯⋯⋯⋯⋯⋯⋯⋯⋯⋯⋯⋯⋯⋯⋯⋯⋯⋯⋯⋯⋯⋯⋯

⋯⋯⋯⋯⋯⋯⋯⋯⋯⋯⋯⋯⋯⋯⋯⋯⋯⋯⋯⋯⋯⋯⋯⋯⋯⋯⋯⋯⋯⋯

⋯⋯⋯⋯⋯⋯⋯⋯⋯⋯⋯⋯⋯⋯⋯⋯⋯⋯⋯⋯⋯⋯⋯⋯⋯⋯⋯⋯⋯⋯

之後發生的是：

我覺得這真是不可思議地好笑，因為

我笑了 □分 □秒
還有誰在場？

一些好笑的細節：

現在想到這件事是不是又忍不住笑起來了？
　　　□是　　□否　　□偷笑了一下

今天終於完成逃避已久的事

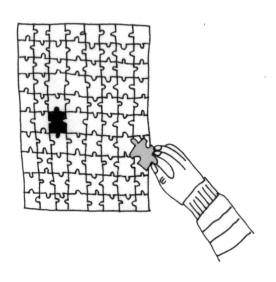

日期：......................................
參與人員：..............................................................
是這件事：..............................................................

......................................................................
......................................................................
......................................................................
......................................................................

自從.............................................. 我就一直把這件事放著

我一直逃避這件事，因為 .......................................

.......................................................................

.......................................................................

.......................................................................

但今天讓我打起精神來做這件事的是： ...................

.......................................................................

.......................................................................

.......................................................................

這件事花了我 ☐ 年 ☐ 月 ☐ 天

短暫存疑的一刻： ...................................................

.......................................................................

.......................................................................

一個正面的想法： ...................................................

.......................................................................

.......................................................................

.......................................................................

現在的感覺： .......................................................

.......................................................................

.......................................................................

.......................................................................

.......................................................................

# 我今天替人解圍

日期：......................................
地點：......................................
緊急狀況：.................................
..............................................
..............................................
..............................................
..............................................
..............................................

我的第一個念頭：

我的反應：

關鍵性的一刻：

我永遠不想忘記：

現在覺得：

| | 是 | 否 | 有點 | | 是 | 否 | 有點 |
|---|---|---|---|---|---|---|---|
| 平靜 | ☐ | ☐ | ☐ | 仁慈 | ☐ | ☐ | ☐ |
| 脆弱 | ☐ | ☐ | ☐ | 英勇 | ☐ | ☐ | ☐ |
| 快哭了 | ☐ | ☐ | ☐ | 獨一無二 | ☐ | ☐ | ☐ |
| 強壯 | ☐ | ☐ | ☐ | ......... | ☐ | ☐ | ☐ |

今天達到天人合一的境界了

日期：..........................
地點：.........................................................
這事正進行得很順利：...........................................
..........................................................
..........................................................
..........................................................
..........................................................
..........................................................

讓我感到開心的還有:

為了達到這個境界,我做的努力:

為了讓這個狀態盡可能地持續下去,我正努力:

我現在很享受的是:

完全滿足的感覺:

# 今天看到一顆流星

日期：.....................................
看到流星的地點：.................................................
我看見：.............................................................

..............................................................................

..............................................................................

證人：.....................................................................

..............................................................................

我是這麼發現它的：

那時出現在腦袋裡的想法：

天氣：

氣氛：

一個特別的細節：

最棒的時刻：

# 今天在規劃環遊世界之旅

日期................................
地點................................
突然有一股旅行的衝動,是因為: ................
................................................
................................................
................................................
................................................
................................................

其他讓我渴望旅行的原因．......................................................
................................................................................
................................................................................
................................................................................
................................................................................

興奮嗎？□是 □否
為什麼？.........................................................................
................................................................................
................................................................................

想去的國家：.....................................................................
................................................................................
................................................................................
................................................................................
................................................................................

期待的是：.......................................................................
................................................................................
................................................................................
................................................................................
................................................................................

有誰會一起來？...................................................................
................................................................................

何時成行？.......................................................................

# 今天通過一項重要的考試

日期:　..............................

地點:　..........................................................

這項考試是關於:　..............................................

...................................................................

...................................................................

證人:　.........................................................

...................................................................

我是這麼準備考試的: .............................................
........................................................................
........................................................................

考試流程: ...................................................................
........................................................................
........................................................................
........................................................................

考試結果: ...................................................................
........................................................................
........................................................................

緊張的一刻 ...............................................................
........................................................................

我現在覺得:

|  | 是 | 否 | 有點 |  | 是 | 否 | 有點 |
|---|---|---|---|---|---|---|---|
| 疲倦 | ☐ | ☐ | ☐ | 超偉大的 | ☐ | ☐ | ☐ |
| 驕傲 | ☐ | ☐ | ☐ | 刀槍不入 | ☐ | ☐ | ☐ |
| 輕鬆 | ☐ | ☐ | ☐ | 變聰明的 | ☐ | ☐ | ☐ |
| 被榨乾了 | ☐ | ☐ | ☐ | ............ | ☐ | ☐ | ☐ |

我現在覺得非非非非非非常滿意。滿意度如下:

0% [＿＿＿＿＿＿＿＿＿＿] 100%

今天聽了一場很棒的音樂會

日期: . . . . . . . . . . . . . . . . . . . . . . . . . .
地點: . . . . . . . . . . . . . . . . . . . . . . . . . .
我看見: . . . . . . . . . . . . . . . . . . . . . . . . . . . . . . . . . . . . . . . . . . . . . . . . . . . . . . . .
. . . . . . . . . . . . . . . . . . . . . . . . . . . . . . . . . . . . . . . . . . . . . . . . . . . . . . . . . . . . . . . . . . . . . . .
. . . . . . . . . . . . . . . . . . . . . . . . . . . . . . . . . . . . . . . . . . . . . . . . . . . . . . . . . . . . . . . . . . . . . . .
. . . . . . . . . . . . . . . . . . . . . . . . . . . . . . . . . . . . . . . . . . . . . . . . . . . . . . . . . . . . . . . . . . . . . . .
. . . . . . . . . . . . . . . . . . . . . . . . . . . . . . . . . . . . . . . . . . . . . . . . . . . . . . . . . . . . . . . . . . . . . . .
. . . . . . . . . . . . . . . . . . . . . . . . . . . . . . . . . . . . . . . . . . . . . . . . . . . . . . . . . . . . . . . . . . . . . . .

我是和 ........................ 一起去的 ........................

觀景: ........................
........................
........................
........................

音樂: ........................
........................

門票
→

氣氛 ........................
........................
........................

顏色: ........................
........................

難忘的事: ........................
........................
........................
........................

# 我今天在水上漂流

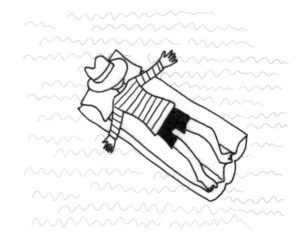

日期，..............................
天氣：..............................
和誰一起：..............................
..............................
事情是這麼開始的：..............................
..............................
..............................
..............................

然後:

我事前覺得:

當下覺得:

事後覺得:

新發現:

有趣的際遇:

以後會再這麼做嗎？ □會 □或許吧

# 今天我遇到小時候心目中的偶像

日期: ........................................
地點: ........................................
偶像的名字: ........................................

他是我的偶像,因為 ........................................
........................................
........................................
........................................

我是這麼遇見他的．

嚇了一大跳？
□是 □否 　□是有這麼一點 □
我的第一句話：

我們的話題：

當時的感覺：

事隔多年之後還會讓我津津樂道的是：

# 今天參與了一項偉大計劃

日期：.............................
地點：.............................
還有誰也參與了？.............................
偉大的計劃是：.............................

.............................

.............................

.............................

.............................

我扮演的角色：......................................................................
................................................................................................
................................................................................................
................................................................................................

氣氛：..........................................................................................
................................................................................................
................................................................................................

參與其中的感覺：..........................................................................
................................................................................................
................................................................................................

當中的一段對話：..........................................................................
................................................................................................
................................................................................................

我永遠不想忘記的是：..................................................................
................................................................................................
................................................................................................
................................................................................................
................................................................................................

以後會再參與嗎？　□會　□不會

# 今天我升了營火

日期:........................
地點:........................
和誰一起?.................................................................

工具和輔助器材:.............................................................
.....................................................................
.....................................................................
.....................................................................

我想升火,因為 ...........................................................
....................................................................................
....................................................................................
....................................................................................
....................................................................................

在燃燒的火旁,我做了這些事、 .......................................
....................................................................................
....................................................................................
....................................................................................
....................................................................................

過了 ☐ 分鐘之後,我才開始覺得溫暖

聲音: ...........................................................................
....................................................................................

氣味: ...........................................................................
....................................................................................

一個想法: ...................................................................
....................................................................................
....................................................................................
....................................................................................

以後會再升火嗎? ☐ 會　☐ 不會

# 今天我贏了

日期：......................
在場的有誰：......................
......................

我贏的比賽是：......................

我是這麼做事前準備的：......................
......................
......................

一開始，我先⋯⋯

期間

勝利的那一刻，我腦袋裡的想法：

我把勝利的消息最先告訴這些人：

我現在覺得：

我會再贏一次嗎？ □會 □不會

# 今天我為別人營造勝利的假象

日期: .........................................
地點: ...................................................................
對象: ...................................................................

...................................................................
事情的來由: ...........................................................

...................................................................
...................................................................
...................................................................

原因：．．．．．．．．．．．．．．．．．．．．．．．．．．．．．．．．．．．．．．．．．．．．．．．．．．．．．．．．．．．．．．．．．．．．
．．．．．．．．．．．．．．．．．．．．．．．．．．．．．．．．．．．．．．．．．．．．．．．．．．．．．．．．．．．．．．．．．．．．．．．．．．
．．．．．．．．．．．．．．．．．．．．．．．．．．．．．．．．．．．．．．．．．．．．．．．．．．．．．．．．．．．．．．．．．．．．．．．．．．
．．．．．．．．．．．．．．．．．．．．．．．．．．．．．．．．．．．．．．．．．．．．．．．．．．．．．．．．．．．．．．．．．．．．．．．．．．

我的計劃：．．．．．．．．．．．．．．．．．．．．．．．．．．．．．．．．．．．．．．．．．．．．．．．．．．．．．．．．．．．．．．．．
．．．．．．．．．．．．．．．．．．．．．．．．．．．．．．．．．．．．．．．．．．．．．．．．．．．．．．．．．．．．．．．．．．．．．．．．．．
．．．．．．．．．．．．．．．．．．．．．．．．．．．．．．．．．．．．．．．．．．．．．．．．．．．．．．．．．．．．．．．．．．．．．．．．．．

對方的反應：．．．．．．．．．．．．．．．．．．．．．．．．．．．．．．．．．．．．．．．．．．．．．．．．．．．．．．．．．．．
．．．．．．．．．．．．．．．．．．．．．．．．．．．．．．．．．．．．．．．．．．．．．．．．．．．．．．．．．．．．．．．．．．．．．．．．．．
．．．．．．．．．．．．．．．．．．．．．．．．．．．．．．．．．．．．．．．．．．．．．．．．．．．．．．．．．．．．．．．．．．．．．．．．．．
．．．．．．．．．．．．．．．．．．．．．．．．．．．．．．．．．．．．．．．．．．．．．．．．．．．．．．．．．．．．．．．．．．．．．．．．．．

在關鍵的那一刻，我感覺：．．．．．．．．．．．．．．．．．．．．．．．．．．．．．．．．．．．．．．．．．．
．．．．．．．．．．．．．．．．．．．．．．．．．．．．．．．．．．．．．．．．．．．．．．．．．．．．．．．．．．．．．．．．．．．．．．．．．．
．．．．．．．．．．．．．．．．．．．．．．．．．．．．．．．．．．．．．．．．．．．．．．．．．．．．．．．．．．．．．．．．．．．．．．．．．．
．．．．．．．．．．．．．．．．．．．．．．．．．．．．．．．．．．．．．．．．．．．．．．．．．．．．．．．．．．．．．．．．．．．．．．．．．．

我輸給對方的事實看起來有這麼逼真：

0% [＿＿＿＿＿＿＿＿＿＿＿＿] 100%

以後會再這麼做嗎？ □一定會　□不會

# 今天我去野餐

日期：．．．．．．．．．．．．．．．．．．．．．

地點：．．．．．．．．．．．．．．．．．．．．．．．．．．．．．．．．．．．．．．．．．．．．．．．．．．．．．．．．．．．．．．．．．

和誰一起：．．．．．．．．．．．．．．．．．．．．．．．．．．．．．．．．．．．．．．．．．．．．．．．．．．．．．．

天氣：．．．．．．．．．．．．．．．．．．．．．．．．．．．．．．．．．．．．．．．．．．．．．．．．．．．．．．．．．．．

．．．．．．．．．．．．．．．．．．．．．．．．．．．．．．．．．．．．．．．．．．．．．．．．．．．．．．．．．．．．．．．．．．．．．

．．．．．．．．．．．．．．．．．．．．．．．．．．．．．．．．．．．．．．．．．．．．．．．．．．．．．．．．．．．．．．．．．．．．．

食物：

當時的氣氛：

聊天的話題：

特別事項：

最佳時刻：

以後會再去野餐嗎？ □ 會 □ 不會

# 今天完成了一項偉大的心願

日期：........................................

地點：........................................

完成的心願：....................................

.................................................

.................................................

有誰在場？.....................................

.................................................

這個願望已經放在我心裡 ☐ 年 ☐ 月 ☐ 天

我是這麼達成心願的:首先 ......................................................

...................................................................................

...................................................................................

...................................................................................

然後 ...............................................................................

...................................................................................

...................................................................................

當時我腦袋出現了這樣的想法: ...............................................

...................................................................................

...................................................................................

最棒的那一刻: ..................................................................

...................................................................................

...................................................................................

我現在覺得: ....................................................................

...................................................................................

...................................................................................

下一個想完成的心願: ........................................................

...................................................................................

...................................................................................

# 今天我摸到冰山了

日期: ................................

地點: ................................

事情是這麼發生的: ................................

................................

................................

探險隊其他成員: ................................

................................

旅途：

當時的感覺：

空氣的味道：

重要的細節：

紀念品，

以後還會這麼做嗎？　□會　□不會

# 我今天吃了樹上的果子

日期：．．．．．．．．．．．．．．．．．．．．．．．．

地點：．．．．．．．．．．．．．．．．．．．．．．．．．．．．．．．．．．．．．．．．．．．．．．．．

我摘下的水果是：．．．．．．．．．．．．．．．．．．．．．．．．．．．．．．．．．．．．．．．

．．．．．．．．．．．．．．．．．．．．．．．．．．．．．．．．．．．．．．．．．．．．．．．．．．．．．．．．．．．．．．．．．．．．

是偷摘的嗎？　□是　□不是　□一半一半

是誰種的果子？．．．．．．．．．．．．．．．．．．．．．．．．．．．．．．．．．．．．．．．

．．．．．．．．．．．．．．．．．．．．．．．．．．．．．．．．．．．．．．．．．．．．．．．．．．．．．．．．．．．．．．．．．．．．

果子的滋味：

..................................................................................

..................................................................................

..................................................................................

..................................................................................

..................................................................................

果子的香氣：

..................................................................................

..................................................................................

..................................................................................

..................................................................................

..................................................................................

果子的顏色：

..................................................................................

..................................................................................

..................................................................................

..................................................................................

..................................................................................

有誰在場？

..................................................................................

..................................................................................

以後會再去摘果子嗎？ □會　□不會

# 今天寄出了一封密函

日期：..............................
有誰在場て..............................
寄送的媒介：..............................

寄出密函的來由：..............................
..............................
..............................
..............................

內文：

收件者．

這封信之所以為密函的原因：

我當時的想法：

我也可以寄出這些消息．

# 我今天讓某人非常非常開心

日期：..........................................

參與者：......................................................................

前情提要：......................................................................

..........................................................................

..........................................................................

..........................................................................

..........................................................................

我讓對方開心的方法：......................................................
....................................................................
....................................................................
....................................................................
....................................................................

對方的反應，..........................................................
....................................................................
....................................................................
....................................................................

最棒的一刻：..........................................................
....................................................................
....................................................................
....................................................................

現在的感覺，..........................................................
....................................................................
....................................................................
....................................................................

以後會再這麼做嗎？　□會　□不會
接下來我還可以讓這些人開心：..........................................
....................................................................
....................................................................

# 今天光腳走了一整天

日期: ..........................................
和誰一起? ..................................................
............................................................................................
天氣: ..................................................................
走過的地方: ..................................................................
............................................................................................
............................................................................................

脫下鞋子的原因:
................................................................................
................................................................................
................................................................................
................................................................................

雙腳碰觸到的有:
☐ 草　　　　☐ 小石子　　☐ 灰塵
☐ 玻璃　　　☐ 水　　　　☐ ..............................
☐ 沙　　　　☐ 花　　　　☐ ..............................
☐ 水泥　　　☐ 爛泥　　　☐ ..............................

我的經歷:
................................................................................
................................................................................
................................................................................
................................................................................

現在的感覺:
................................................................................
................................................................................
................................................................................
................................................................................

以後會再光腳走路嗎? ☐ 一定會　　☐ 不會

# 今天我答應了一件事

日期: ......................................
地點: ....................................................
有誰在場? ..................................................
.........................................................
答應的事? ..................................................
.........................................................
.........................................................
.........................................................

答應的原因: ......................................................
................................................................
................................................................
................................................................

當時的感覺: ......................................................
................................................................
................................................................

現在的想法: ......................................................
................................................................
................................................................

美妙的細節: ......................................................
................................................................
................................................................

最佳時刻: ........................................................
................................................................
................................................................

以後會再答應嗎? □會 □不會

# 我今天拒絕了一件事

日期：⋯⋯⋯⋯⋯⋯⋯⋯⋯⋯
地點：⋯⋯⋯⋯⋯⋯⋯⋯⋯⋯⋯
有誰在場？⋯⋯⋯⋯⋯⋯⋯⋯⋯⋯⋯⋯⋯⋯⋯⋯⋯⋯⋯⋯⋯⋯⋯⋯

我拒絕的是：⋯⋯⋯⋯⋯⋯⋯⋯⋯⋯⋯⋯⋯⋯⋯⋯⋯⋯⋯⋯⋯⋯⋯⋯

⋯⋯⋯⋯⋯⋯⋯⋯⋯⋯⋯⋯⋯⋯⋯⋯⋯⋯⋯⋯⋯⋯⋯⋯⋯⋯⋯⋯⋯⋯⋯⋯

⋯⋯⋯⋯⋯⋯⋯⋯⋯⋯⋯⋯⋯⋯⋯⋯⋯⋯⋯⋯⋯⋯⋯⋯⋯⋯⋯⋯⋯⋯⋯⋯

⋯⋯⋯⋯⋯⋯⋯⋯⋯⋯⋯⋯⋯⋯⋯⋯⋯⋯⋯⋯⋯⋯⋯⋯⋯⋯⋯⋯⋯⋯⋯⋯

拒絕的原因：..............................................................
............................................................................
............................................................................
............................................................................

我是這麼拒絕的：..........................................................
............................................................................
............................................................................

當時腦袋裡出現的念頭：....................................................
............................................................................
............................................................................
............................................................................

我現在的想法：............................................................
............................................................................
............................................................................
............................................................................

一些細節：................................................................
............................................................................
............................................................................
............................................................................

以後會再拒絕嗎？　□會　□不會

# 今天我面對了自己的恐懼

日期：..............................
恐懼的事物：.................................................
...............................................................................

我對它感到恐懼，因為..............................................
...............................................................................
...............................................................................
...............................................................................

我克服恐懼的方式：......................................
............................................................
............................................................
............................................................
............................................................

克服的那一刻，腦袋裡出現的想法：...................
............................................................
............................................................
............................................................
............................................................
............................................................

我現在覺得：

| | 是 | 否 | 有點 | | 是 | 否 | 有點 |
|---|---|---|---|---|---|---|---|
| 強壯 | □ | □ | □ | 驕傲 | □ | □ | □ |
| 脆弱 | □ | □ | □ | 輕鬆 | □ | □ | □ |
| 顫抖 | □ | □ | □ | 無敵 | □ | □ | □ |
| 快樂 | □ | □ | □ | | □ | □ | □ |

接下來要卸下的恐懼是：................................
............................................................
............................................................

以後會再這麼做嗎？ □絕對會　□絕不

# 今天我捐出了某樣東西

日期：..............................

地點：..............................

有誰在場？..............................

捐出的物品：..............................

..............................

..............................

..............................

..............................

我捐出的東西可以幫助：.................................................
.................................................................
.................................................................

事情是這麼發生的：...............................................
.................................................................
.................................................................
.................................................................
.................................................................

當時的感覺：.....................................................
.................................................................
.................................................................
.................................................................
.................................................................
.................................................................

以後會再捐獻嗎？ □會 □不會
如果不會，為什麼？.............................................

如果會，為什麼？...............................................
.................................................................
.................................................................

# 今天我經歷了一個新生命的誕生

日期:.......................................
地點:.......................................
事情是這麼發生的:.......................................
.......................................
.......................................
.......................................
.......................................
.......................................

新生命的誕生：

當時在我腦袋裡出現的想法：

我永遠不會忘記：

讓人興奮的是，

最美妙的時刻：

# 今天我為所有朋友舉辦了一場盛大的派對

日期：.....................................
地點：.....................................
賓客：.....................................
.....................................
.....................................

事情的來由：.....................................
.....................................
.....................................

心情和氣氛：.................................................
...........................................................
...........................................................

好笑的事：.................................................
...........................................................
...........................................................

美妙的事：.................................................
...........................................................

感動的事：.................................................
...........................................................

興奮的事：.................................................
...........................................................
...........................................................

活動的高潮：...............................................
...........................................................
...........................................................

以後會再舉辦嗎？ □非常樂意 □不會

# 今天獨自過了一天

日期: ...........................
地點: ....................................
所需器材和配件: ............................
...........................................
...........................................
...........................................
...........................................
...........................................

之前為這一天做的計劃: ..........................................
........................................................................
........................................................................

真正做的事: ..............................................................
........................................................................
........................................................................

當時腦袋裡出現的想法: ....................................................
........................................................................
........................................................................

當時的感受: ..............................................................
........................................................................

有趣的自我對話: ..........................................................
........................................................................
........................................................................
........................................................................

以後會再這麼做嗎? □當然囉 □不一定

# 今天我的好心情感染了別人

日期：.............................
地點：.....................................................................
他今天心情變差的.........................................................
因為..............................................................................
.......................................................................................
.......................................................................................
.......................................................................................
.......................................................................................

但我心情卻超好的,因為

我是這麼用好心情影響他的,一開始並沒有那麼容易

但是後來

輔助器材和工具

憂愁變成歡笑的那一刻:

# 今天我很英勇

日期：......................
地點：...........................................
英勇事跡：...................................................

...............................................................
...............................................................
...............................................................
...............................................................
...............................................................

行動方式：..............................................
..............................................
..............................................
..............................................
..............................................
..............................................
..............................................
..............................................

這件事需要的勇氣有這麼多·0% [☐☐☐☐☐☐☐☐] 100%
最棒的那一刻：..............................................
..............................................
..............................................
..............................................

其他人的反應：..............................................
..............................................
..............................................

成為英雄人物的感覺：..............................................
..............................................
..............................................

以後會再這麼做嗎？ ☐ 會 ☐ 不會

今天 ......................................... .

日期: ...........................
地點: .................................................

.................................................
.................................................
.................................................
.................................................
.................................................
.................................................

# 我還想經歷的事：

☆ ......................................................................................

......................................................................................

......................................................................................

✦ ......................................................................................

......................................................................................

......................................................................................

......................................................................................

✦ ......................................................................................

......................................................................................

......................................................................................

......................................................................... 🪐

......................................................................................

......................................................................................

......................................................................................

......................................................................................

☆ ......................................................................................

......................................................................................

......................................................................................

......................................................................................

今天我讓自己驚訝了一下

日期: 01.28
地點: 新辦公室
參與人員: 我 ❤ 好心的 Ms. Bleu~
事情是這麼開始的...

① 我 E-MAIL 看不懂啊...

② Ms. Bleu 我

打電話去好了

通常我會這麼反應:

我絕對
絕對 不要
打電話!!

但是今天我卻突然:

竟然二話不說就拿起話筒!!

⚡⚡

對我來說很困難嗎? ☑是 □否
最意想不到的是:

Ms. Bleu 人好好, 耐心解答我的問題

**Social Anxiety Disorder**

我現在覺得:

心情好輕鬆, 解決一項難題~

以後會再這麼做嗎: □應該會 ☑應該不會

因為我有病 (無誤)

# 《記錄你的每一天》第**1**集

每天總是會遇到些衰事：湯裡有頭髮（畫出有幾根）、鼻子塞住了（從0到100來算，是有多塞呢）；但也會遇到些好事：順利完成一件工作（就像衝浪征服了一波大浪）、腦裡充滿有趣的點子（多扯也沒關係）。

悲觀的人想到一堆倒楣事，就覺得自己不如每天都躺在床上別起來；但是樂觀的人會拿出幽默感面對生活，感染更多身邊的人。

有了這本日記，
即使是下雨天也能享受溫暖的陽光！